跳舞的鳥
都在受苦

鄭芥｜著

目錄

輯一　跳針的蚊蚋失真的我　009
波斯特・摩登先生　011
過敏原　014
懷念的人　017
戀人已死　021
太陽愛不愛我　023
戀人絮語　026
末日哲學家　027

想瘋了 029
I have a 讚 030

輯二　揹著漩渦的蝸牛 033

金剛不壞 035
不可回收垃圾 038
落枕問題 040
牌運 044
去你的公司 046
人面犬身像 048
我的謬思住雅房 051
我受夠了西伯利亞 054
租殼蝸牛 057

薛西弗斯的糖果 059

輯三　奇異鳥在地上飛 061

發現自己很鳥 063
黑色的年輪 065
靈魂忙著在天空跳舞 067
無翼鳥 069
長途飛行 071
白鴿廣場 074

輯四　房間裡的大象與蛇 077

比方 079
閉上眼睛聽你說 081

等句點融化 084
房間裡有蛇 086
降半旗的春天 089
磨合期 091
開玩笑的 094
一段時間不見了 096
天使與天敵 098

輯五　NahNah 的召喚獸 101

街上的娜娜正在跳舞 103
我不知道一朵花有刺 108
我們的黑暗時代 111

輯六　生活還可夢　115

地下室的我　117
每個人都是第一次活著　120
如果我十八歲就可以投票　122
我不能告訴你　125
討厭的人拯救了我　128
在景美溪等到果陀　131
哲學抓龍　134

烏龍刀：代後記　139

輯一

跳針的蚊蚋失真的我

波斯特·摩登先生

起床吧！
波斯特·摩登先生
今天的志向
是推翻昨天的摩登

起床吧！
波斯特·摩登先生
出門的打扮
和別人一樣與眾不同

波斯特・摩登先生
拒絕被貼標籤
拒絕被下指導棋
跟著大家一起
拒絕這個摩登的世紀

波斯特・摩登先生
什麼都想要
什麼都不想要
跟著大家一起
做著別人喜歡的自己

我說這是波斯特摩登
不是波斯特摩登

我的人生是不是我的人生

起床吧！

波斯特・摩登先生

今天也一樣

模仿其他賴床的摩登

過敏原

貓怪怪的
變得沒味道了
獸醫師說
該看醫生的是我

如果鼻子過敏
怎麼愛一隻貓？
該為了一隻

從不說愛我的貓
割掉鼻子嗎？

那就不是我了
也沒辦法吸貓了

如果你是貓
會希望我沒有鼻子嗎？

如果我是一隻貓
你希望我沒有毛嗎？

心理醫師說
該看醫生的是眼睛

這次換眼睛過敏

有天醒來
沒有流眼淚
你走了
那隻貓還在

懷念的人

我懷念自己的房間
有複數的世界
我懷念那本昆蟲圖鑑
蚱蜢後腿有力
我懷念那張卡片
祝福安安靜靜

我懷念窗外那條小溪
被污染的腥味

我懷念那輛模型火車
停在舊火車站的書局

我懷念我們在同一張桌子上
聊著不同位置的見聞

我懷念收音機，我懷念 CD
我懷念滑蓋手機，我懷念 windows xp
我懷念通宵的訊息
我懷念我們才剛開始

我懷念新鮮感
我懷念老梗

我懷念原版
我懷念改版
我懷念盜版

我懷念你
你是再版

我懷念不記得的事
我懷念想起來的事

我懷念搬走的家

我懷念搬走的人
在懷念以前
我已經開始懷念

戀人已死

把我掰得稀巴爛
再按滿意的方式黏回來
你這樣讀我
這樣愛

「你不就這個意思？」
作者痛死了
你連作鬼都不放過

這時候話不是用講的
而是一條撕裂線
慢慢扯出來的：
「覺得，是你的覺得
應該，是你應該的」

於是你捧著肢解的文字
在我面前哭喪著：
「你怎麼可以變！」

是啊，為什麼
你總是不會變呢

太陽愛不愛我

我的太陽
不是我的太陽

太陽不愛當太陽
太陽有逃避型人格
太陽是金牛座、AB型
生產者、ENFJ……

太陽愛當別人的星星

不愛我

我愛太陽嗎
還是因為沒有祂不行？

安慰自己這樣的距離剛好：
太靠近我會融化
太疏遠我會畏寒

我愛太陽
太陽愛我嗎？

太陽愛大家
我不愛了

再強調一次
太陽愛大家
我真的不愛了

戀人絮語

「我愛你」
「我也愛你（吧）」
「……再說一次。」
「我也愛你」（吧）
「再說一次！」

末日哲學家

一張床
兩種圖案
海冰與企鵝
在南極島上戀愛

那時我們正爭執著
先有冰
還是先有海
為什麼我不會飛

你不上岸
這一類天大的小事

不蓋棉被
純聊天的哲學家
要作戰
不要做愛

我負責腦
你負責惱火
世界末日
我們是瀕臨絕種的笨蛋

想瘋了

我真的很想念你，想你想到快瘋了才這麼平靜，因為藉著平靜，我才能好好的，把心打開想念你。

我認得出那艘船，那是一艘預計從白令海開往挪威的破冰船，我真的很想念你（想你想到快瘋了），才在大晴的南方想到下雪的天氣。

彼時，也許我們會說，那是陽光撒下的灰燼。

I have a 讚

讚呀！讚呀！給我一個讚呀！
人生努力了這麼久
無非就是圖幾個讚

偉大的賽道上
（我把一生都放在那裡了啊）
謝謝那些千里互映的讚友
按的豪駒長嘶
按的征夫淚縱橫

深夜原是那麼療癒的驛站
如此甜美的新世界啊
甘地們裹著糖衣
（我是說 Candy）
正兜售著遊行的周邊

限時的化妝舞會
沒有人落單
戴著面具
誰都是真心的舞伴

輯二

揹著漩渦的蝸牛

金剛不壞

金剛
不壞
只是不討人喜愛

一隻大猩猩
穿著人形的布偶
努力在都市
尋找解脫的生活

牠不明白如何讓人
瞭解自己珍貴的胸襟
害怕一不小心
亮出毛毛的荊棘

（牠是自己
最不虔誠的信徒）

這時牠會回到大海身邊
藍色的千佛洞
史前的家園
如是降伏其心

崖石傾塌

金剛不壞
牠是神明
心有罣礙的野獸

不可回收垃圾

突然寫了一千個字
只是想製造垃圾

不用等垃圾車
21世紀是全球化的掩埋場

哪裡都可以寫
哪裡都可以做自己
沒用的人

做沒用的事

寫那些和我一樣的東西
突然又寫了一千個字

落枕問題

長年有落枕的毛病
每天都睡不好
腦袋老是轉不過來
只能往同一邊看

下班時間
左邊站在路口的工人
指揮我往右轉
交通陣痛期

蛋黃區像攪爛的布丁
怪手挖著豪宅的地基

回到家
感覺家只剩一半
家人在我看不見的右手邊
低頭了一輩子
也有落枕的問題
沒辦法理解我
為什麼一路逆向行駛

好吧為了安全起見
忍痛把脖子往右邊掰一點
才發現街上哪裡都擺著一套沙發

朋友在電話裡勸：
「你不坐的時候，別人都搶著坐。」
我說好吧就坐一下下
幾年過去
我說好吧我再躺一下下

或許做人該像牛皮那般柔韌
彈簧那般承受重壓
舒適的夜晚
我的落枕開始每天換一邊：

星期一左邊的撿回收婆婆站在垃圾車旁弓著腰
星期二右邊的打領帶保全站在賓士車旁弓著腰
星期三左邊的舊書攤杜斯妥也夫斯基擺在架上

星期四右邊的新書店杜斯妥也夫斯基正在特價
星期五左邊的哲學沙龍談著成功學的意識形態
星期六右邊的網路課程談著成功人士的哲學觀

星期天我掰不下去了
這世界怎麼轉
都往同一邊看

牌運

打一張王牌出來
最大的是梅花三

「你玩的下去我輸你」
靠這句話
假裝贏了幾個人

其實牌有洗
只是每次都被發到同一副牌

運氣讓人懊悔
為什麼不出老千

「別在乎什麼大老二
不爽不要玩就好了」

說這句話的人發明了大老A
我的王牌
最大的還是梅花三

去你的公司

早起得知
人間閃電打雷
好想淋一場雨啊
不敢問為什麼

穿上雨衣
我提醒自己要遮好
省點麻煩
不要說不要

沒什麼好生氣的
還是好生氣
幹了這麼久
為什麼
還是不敢問

下著雨的 sunday
陽光去休假
我去你的公司加班

人面犬身像

當人當太久
一時半刻搞不清楚
怎麼當一條新鮮狗

員工教育第一課：
學會打領帶
自己替自己戴項圈

盯著電腦

在脖子上吊一個碗
裡面裝看不見的飯

不給加班費
就不算加班
類加班
我累死了

「搞清楚，這裡不是學校」
我知道
這裡是收容所

突然想到一個謎語：
什麼動物

白天四隻腳
中午四隻腳
晚上四隻腳

你猜到了嗎？
都市的大街小巷
到處都有會動的人面犬身像

我的謬思住雅房

我的謬思住在大城市的雅房
她是渴望被反白的灰姑娘
日夜不是工作就是寫字
女神是兼差正職是奴隸

租屋頂，送房間，有時
也送房客——
壁癌、壞熱水器
以及風乾的保險套

毛玻璃上
反映一張霧化的繭
變美以前
沒有人瞧得上她的苦臉

匍匐在無掩體的 word 頁面
奇蹟並不存在
一格一格的菩薩
正等著被她救出來

大城市的天空很希臘
大城市的房東很童話
哪裡都有謬思在歌唱
哪裡都有灰姑娘在受傷

哪裡都有三坪大的頂加
哪裡都有灰姑娘在苦等謬思的魔法

我受夠了西伯利亞

我受夠了挫折
受夠了雪、勞動與漫長
我受夠了
人們臉上的寒霜

不要了，什麼都不要
我不要工作我不要理想
我不要美麗的風雪
在裂開的心上撒鹽巴

我受夠了受夠了
受夠了屋簷卻需要錢
受夠了西伯利亞
一個買不起家的家鄉

（有一天我要買下西伯利亞騙人那是我的新家）

哪裡都不要去不要想
我不要哲學
我不要文學
我不是藝術家
我的才華只是一片雪花
融化了我還是要繼續受傷

（有一天我要買下西伯利亞騙人那是新開的藝廊）

未來的每一天我還是要繼續受傷

租殼蝸牛

沒有頭的西裝仲介
在對街大廈上盯著我
握緊拳頭
捶自己的胸膛
用心臟掛保證

廣告看板在中古屋上縫補丁
有人買那些洞來住
有人挖洞

讓別人跳下去住

剛開始工作的我
有點軟弱
租了一條三坪的走道
當自己的殼

吃著漲價便當
覺得便當
也想吃掉我

午休時夢見下雨天
一位主人
正在替蝸牛戴項圈

薛西弗斯的糖果

主人扔掉的糖果罐
是螞蟻的金銀島

冒一生的險
到罐罐裡上班
排隊把甜搬回家
快樂是糖
痛苦是太多糖

廣大的薛西弗斯
那麼勤勞
哼著歌，日復一日
推著甜滋滋的石頭回家

輯三

奇異鳥在地上飛

發現自己很烏

那是一根還是一束羽毛？
一個下午我凝視一隻烏鴉
與不祥僵持

這是詛咒嗎
如果我覺得烏鴉是黑色的
它就永遠不能洗白

黃昏了

老的謎團尚未解開
新的黑暗就要到來

發現自己其實很鳥
身上有一堆毛
不能用來飛
也不能用來禦寒

潮濕的棒狀物上攀附著黑毛藻
我是一根還是一束羽毛？

黑色的年輪

令我們憂傷的究竟是什麼？
人事與物，也許逐一檢視
我可以搜出一些理由
勉強地搪塞別人

那並不是反白一段文字
複製、貼上，央不在乎的人在乎
我無法炫耀心跡
像古希臘人裸露他們的性器

我會提到某張絕版的專輯：
憂傷是一張毀損的唱片
有些段落不停跳針

我會說
當你能用眼睛聆聽的時候
我們心中
也已刻滿了黑色的年輪

靈魂忙著在天空跳舞

腐朽的心臟
還可以養蟲
直到有一天不再感到疼痛

胸口的花草地
有蛾和蝴蝶
從木乃伊裡掙脫出來

沒有任何學家

能憑著書本和儀器
捉住牠們

解剖我，就像盜墓者
搜刮空的棺材

因為靈魂正忙著受苦
因為靈魂正忙著在天空跳舞

無翼鳥

看著鳥
飛的是我
不是鳥

做好著地的準備
翅膀和降落傘
沒有展開
要飛的是我
終究不能怪誰

悲傷是天空
我就孵一座天空的巢
是鋼鐵
我就替它打一把刀

如果再也活不上去
就低下來
像一隻奇異鳥
專心在地上
找回會飛的祖先

長途飛行

一個臨時起意的下午
坐上一架輕型的飛機
駛向烏雲的深處
你是飛行員
我是懼高的乘客

暴風雨的中心
像大亂鬥裡的銃眼
你期待瞄準自己一點

或者，像我說的
冒險接近
事物的深淵

就這樣
你有落伍的夢
我有愧疚
為了追逐一顆夕陽
我們錯過無數的晚霞

長途飛行的話題
從防風鏡聊到儀表版
從勇敢到安全感
從往事到往事

房間裡那麼多的大象
還在找一片草原遷徙

也許是風讓我們
像紙摺的小船在池面兜轉
也許是你曾經的決心
和我一樣
有著無法著陸的苦衷

白鴿廣場

白鴿墜地一刻
驚覺祂平凡的屍身
被我的崇拜燻成黑色

刺眼的白不會飛走
依然是我
心頭無法拭去的污漬

如果我們有誰

殺死了純真和信仰
並不需要感到虧欠

鴿子豈止萬萬千千
正義與愛
不過是一些吐司邊

輯四

房間裡的大象與蛇

比方

大海有一種美麗
藏起貝殼
某天再從沙灘的掌心攤開
像你說的話
後來我才能明白

比方說
你從不喜歡讀詩
卻告訴我

「你寫的我都喜歡」

夕陽準備好跳水的時候
海浪
拉了我的腳跟一下
要我回頭

在覆沒的腳印旁
看見心愛的人
再一次向我揮手

閉上眼睛聽你說

以前一定是中邪了
所以一直
在閉上眼睛的時候看見你

發了這麼多年的神經
最近才正常了一點
開始可以聽見你的聲音

一瞬間

你變得好多
火車站有一個
海邊也有一個
夏天有一個
你消失的地方也有一個

我想永遠這樣聽你說些什麼
雖然大多只是浪花和煙火

我想這樣永遠聽你說些什麼
雖然你什麼也沒有再說

一瞬間就要秋天了
屆時我會睜開眼睛

在往後漫長的白噪音裡
歡迎你的來到

等句點融化

有一種微笑
含著喉糖
搖搖頭
意思是
沒辦法講

疼痛使我沉默
沒有字
說出來不沙啞

「我愛你」
感覺一口氣
吞了一束玫瑰

你坐在遙遠的對面
搖搖頭
搖搖手

我繼續保持微笑
等一顆句點
在傷口裡融化

房間裡有蛇

那是一條爭吵時
從裂痕裡鑽出來的盲蛇
牠的舌尖分歧，吐著餐叉
一場晚餐有兩種吃法

「沒看到什麼蛇
問題是你想太多」
你的回答
也許才是問題

牠目睹這一切
一雙暗中的琥珀
裹住我們的啞表情

房間大小的積雨雲
雷聲率先開口
你要緊的，想避走的
我必須被擊中的
那道閃電
在我們之間游擊
曾吻過我的臉頰

最大音量的默劇
展演我們

接不下去的台詞

今晚沒有人下台
一張床有兩種躺姿
小蛇睡著了
我會閉上眼
我不會提到縫
我們不要再吵架了

降半旗的春天

冷戰結束了
你的花
仍圍堵著我

我還是喜歡你
別人的碎瓦礫堆
我的南洋花園

指尖伸向一隻荔枝椿象

我當時不明白
情人是有毒的物種

漫天采聲的廣場
黑板樹高高投炸飄搖的種籽
華麗侵略著
我們降半旗的春天

磨合期

違章的鐵皮屋裡
換季的雨，像四月
我們出遊時
旱期盛綻的苦楝花

你喘著氣
射了很多
過去是什麼
讓你一直出不來？

紫花瀑的晚霞，冷色還是暖色？
我想像開了一扇對外窗
你在事後陽台
背影如一截尚未抖落的菸燼

天空沒有開口，不告訴我
為什麼你不說話
畢業後我們在這裡開箱
在這裡封箱
這次我不再覺得離開是出發

日常的蚊蚋，令我們一夜不堪……
馬達的抽涕聲，從牆角傳出

我們在春天週末靜靜爭執
像孩子親手戳破
自己吹大的泡泡

「從今以後，你要去哪裡？」
雕花鐵門、公寓樓梯
過期的滅火器
如果你走了
該怎麼回答我這個問題？

我想像
家鄉的工廠裡
高精度的車床切削著合金
我們終於結束了磨合期

開玩笑的

某個非此即彼的夜晚
我說：「我不想活了」
於是你一身溼答答地
從溺水的地方
連自己的死都不要了
願意花一輩子
跑上頂樓
只為了抱住我：
「你值得活著，你值得……」

接著，我又說：
「我沒事，開玩笑的」
你搖了搖頭
甘心替我圓謊
「其實，我也是開玩笑的」

我們就這樣笑著
笑著彼此
又多活了一天

一段時間不見了

一段時間不見了
海灘上的我們
曾為了爭執一粒沙
喉嚨痛得像被砂紙磨花

想問你最近有沒有好一點
無法更換班次的列車上
另一半的臉
偷偷地吃眼淚

那是最後一次的告白
大海打濕大海：
「你的愛，像海風
把自己越吹越遠……」

摘下浪花吻過的口罩
想像你完整的側臉
凝望著夏天
一段不見的時間

天使與天敵

老鼠常常
瞬間貓咪起來
假裝自己是一頭猛虎
瘋狂抓老鼠

回頭啃噬著尾巴
恨不得切掉長處
恨不得做錯什麼被懲罰
這樣度過

每一次的絕望

哪裡都不去了
感覺不到痛
這裡有捕獸夾
就在這裡上天堂吧

貓老鼠抱著彼此
天使和天敵
住在同一座地獄裡

輯五

NahNah 的召喚獸

街上的娜娜正在跳舞

「娜娜在達克街上並不孤獨
沒有一條信念能拴住她的舞步
我望向不透光的城鎮中心
讀著一行一行的唇語：
『天使是Alpha、惡魔是Omaga
我們是midnight mass，我們是mute
讓我們掐著喉嚨尖叫，讓話語窒息
直到疼痛終於供出自己的姓名——』」

「娜娜，娜娜，我的老朋友
陽台的月光，伴奏一部老舊的洗衣機
廢沙發上，我們聊著性癖好和安眠藥的話題
她是誰？平常怎麼自己來？喜歡怎麼去？
二十歲的青年住在頂樓加蓋的索多瑪
大監禁時代調教著大革命時代：
『主奴不要辯證，要變態』」

「娜娜著魔的要求我多半樂意，除了她的三段論：
『瘋子會傷害人
你是小動物
我不會傷害你』
魔女鑷住幼獸小小的指掌
摸索一顆水晶球的肌理：

『你會看見一扇門，我走了進去
其實，是往窗戶跳了出去』
沿著娜娜的腰身，寂靜裡音叉痙攣
我們像同一株二代木
我是她的嬰兒也是她的朝露」

「櫥架飾滿木質調的香水，森林之間
小花一瓣瓣舒張在前戲的結尾
床頭輕撼，啄木鳥敲著門，厚底靴規律踏步
舉目是波希的《人間樂園》，會動的安息日
被架離的人民不曾在畫布裡歡呼
娜娜雙腿扭曲，顫抖，歪著頭命令：
『放進去，全部，全部都要放進去。』」

「連續幾天我們睡得不好
勤勞地做著一個幸福的夢：
手銬、項圈與不合身的拘束衣
娜娜像全身著火的奴隸
渴望一場受苦的瘟疫」

「不可以睡著，無論如何
要睜著眼睛，讀完娜娜的故事——
瘋狂史課堂上
一百副娜娜的身體
從天花板吊了下來
下巴懸著傀儡絲，俯視觀眾：
『魔鬼坐在上帝的寶座……』
娜娜，我的老朋友

她的死狀
在二十一世紀的投影幕裡跳舞」

●西元一五一八年神聖羅馬帝國境內的聖特拉斯堡（Strasbourg），曾發生數起百人集體共舞的事件，時稱舞蹈瘟疫（dancing plague），患者日夜舞蹈，至死方休，現代醫學仍未證實其起因為何。

我不知道一朵花有刺

我不知道娜娜的身上有刺
擁抱她
不知不覺就受了傷

她讓自己活得像書籤
在同一首詩
日日重讀的地方
植有永生的壓花

每當娜娜提及
有人替她澆水的時光
我會以為
她有一段快樂的過往
甚至以為
我們走在同一條路上

並肩的黃昏，我不會問她
接下來要去哪裡
我會說點什麼，逗一個人笑
泛著眼淚，像閃爍的游標
一段話裡臨時加入的句子：
「我希望娜娜守著自己不放
無論那是什麼方向」

沿著林間的落果
從學院路盡頭，折回圖書館
我忘了那是第一次見面
我不會失去她
我還不知道她的耳朵裡有字

娜娜依然讀著同一本書嗎？
翻過一頁
想起她告一段落的方法
胸口的蜂房
不知不覺就開了花

我們的黑暗時代

「娜娜比著數字7
手指較長的那端指著我的耳朵：
『這裡，感覺有東西——』
我問她那可能是什麼東西
『頂樓邊緣的維修梯
爬到一半的人不願意往下看——』」
「我在一間叫做黑暗時代的酒吧
再一次見到休學後的娜娜

那時她已從我隔壁的座位
站向吧台的另一側，任何的遊行
再也搖撼不了一顆懸浮的球冰：
『我厭倦了派對上的鮮花與嗚咽。』
催淚彈曾搞瘋這座城市像一支烈酒
一夕間宿醉的街道將我們團團包圍」

「我望向那扇通往廣場的逃生門
仍杵在一堵哲學書裝飾的牆後
我問娜娜，你還讀架上的傅柯嗎
或馬克思？不是賣電動車的那個
她的眼睛瞇瞇上揚
可是眼淚往下掉
『娜娜，妳調的酒很好喝

我們不要再對這個世界感到虧欠了。』
至少這些是你親手做的
至少我會記得的」

「娜娜比出一把槍
抵住左胸口一片無名的素地
『那你猜，這裡面有什麼東西？』
我說那是妳的全部，不是東西
『碰——貼滿吸音棉的地下室
一個個人從十字架上掉了下來
在電梯井、在碼頭、在森林裡
在我所不曾到過的廣場上呼救著』」

「我們去走走好嗎？

沿著壁癌，傷痕的樹狀圖
沿著尿童呆立的池子兜圈
『我沒辦法欺騙自己，』
娜娜護著顫抖的火焰點菸
『真的活在一個敞亮的時代』
煙絲懸在空中套成一個圓圈
剛好可以掛上一個腦袋」

「不是的，不是你的錯
是 Nah-Nah 殺死了娜娜。」
黑暗時代打烊許久
好幾個夜晚
我知道娜娜曾在那裡：
「我會記得的，至少
這正是你親手做的。」

輯六

生活還可夢

地下室的我

我在尋找一個盡頭
一個屬於地下室的我
也許是恐龍
也許只是Pokémon

拋下書本，擎著火把
我要繼續探險
穿越一生長長隧道
把光明帶回它的地心

空橋暗黑，苦衷像蝙蝠
蟄伏的鐘乳石
陰森、恐懼，失敗主義者的地下巢穴
懷著最起碼的理想
我能聽見深處
事物被遺忘時，低鳴的共振：
「不要凝視，不要讓悲哀淪為獠牙。」

我能聽見深處，少年的留聲機
此刻播放的曲目
吉他聲響有我所有的盲目、迷惘
我會捨不得
我是自己永遠的收藏家：

窒悶的空氣裡
將有一隻自由的鼻子
我在尋找，尋找那些盡頭裡的青年
新的編輯室、刊物與詩
老掉牙的社團、口號和信念

一牆學生的熱忱海報
他們是我，將是我
屬於地下室
地下室的出口

每個人都是第一次活著

每個人
都是第一次
也是最後一次活著

那雙看不見的手
還在搗碎你的家屋
搗住你的笑容嗎？

不要理想、諸菩薩和十字架

別人的耶穌
憑什麼向你宣教？

用力推開那些巨人吧
別讓偉大的主意
代替你捧吉他
別讓死人的名言
代替你發牢騷

無論這是地獄
或是迪士尼
我們第一次活著
是這座舞台
初次登場的新人

如果我十八歲就可以投票

——寫給努力在街上宣傳十八歲公民權的學生

如果我十八歲就可以投票
我會投給那些
沒有在畢業典禮致詞的議員
我會在高三時主張
「講話不好笑的議員請滾出校園」
如果我十八歲就可以投票
我會投給那些
街上舉著「十八歲公民權」手舉牌

曾經十八歲的學長姐
我會投給那些
沒有用麥克風數落大聲公的老師
我會投給那些
和我一樣對姑息小人的社會感到困惑
而走在一起的同學

他們沒有一個人吼著口號是為了選舉
他們只是不願意放棄
一個看不見未來的世界

如果我十八歲就可以投票
雖然我已經二十七歲
我會投給那些

願意出門投票的三十七、四十七、五十七歲……

如果我十八歲就可以投票
我會投給自己
告訴所有蓋我們廢票的大人
這不只是一張如果的票

我不能告訴你

風大的時刻
我們走進騎樓
像為了躲雨

晃進酒吧
先點了一杯
混有地獄話題的威士忌
讓喉嚨暖和起來

夜晚開嗓了
酒保更換唱片
鄰桌的客人
正在為球賽歡呼
例常的氛圍
使一切慢動作

看著壁上學生宣傳的海報
為一件小事認真
我不能告訴你
你也不能告訴我的事情

這樣寒冷的冬天
把春天放在心裡

等花謝了
來年我們再聚一聚

討厭的人拯救了我

當天使與惡魔交戰
是凡人拯救了我

他們曾經
是我會討厭的人：
不讀詩
不在乎真理
只關心身邊的事情
包含我

他們也關心我

當時我凝視著天空
以為另一邊
一定就是深淵
凝視我的
卻是身旁
呼喚我名字的人

園丁不懂得戰爭
但他們負責照料一朵花
也許你會問
花重要嗎
我想替他們回答：

「世界不就是一朵花嗎？」

戰爭還在爆發著
花瓣碎片謝了一地
他們熱著牛奶，從容地望著窗外
紅茶色的天空：
「等天氣暖和了
我們再一起復活那些花朵」

在景美溪等到果陀

每到星期六我會抓兩支啤酒
抵達景美溪沿岸，白鷺鷥往復飛越的銀河
找我在地球的朋友，畫家，胡
我們的座位和別人不同，總是能找到一張
專屬的長椅，尤其是遠離人群的那一張
寂寞是寂寞了些，但胡說：
「我們其中一個人要是不幸成名
記得回來當對方的恩格斯」

記得我們一小口一小口地聊著古希臘
想像諸神雜交的城邦、薛西弗斯推著糞球
也許比石頭更硬的是陰莖？
至少那時的生活不打安全牌
胡畫著大海的裸體，我寫著年輕的嬉皮
有一天我們會等到果陀
走私大麻的貨船

後來胡會稱這一段無名的日子「無聊」：
「這座城市的特別在於它『特別無聊』。」
我搬出同代人的革命、戰爭與疫病
試著說服他「或許還有些什麼還沒玩完」
最後還是投降地笑了，的確
史萊姆是不會被馬刺踢動的：

「即使人間設滿了應召站
也無法治癒你的無感。」

胡嗤嗤的點頭，我學他嗤嗤的點頭
每到星期六我會抓兩支啤酒，有時候是一手
在景美溪沿岸，我們不作畫也不寫詩
二十一世紀初便已是二十一世紀末：
「這時代美得要死掉了。」
一面活著，一面不想活著
那正是我們話題的旺季

哲學抓龍

工作了一整個禮拜
身體酸痛
我走進週末舉辦哲學沙龍的書店
其實是想去抓龍

講者說的有道理
不懂只好猛點頭
會後 QA 跟上主題發問，例如：
「一隻狗該怎麼追求自由？」

例如加班的我，我太善於
追問別人自己才能回答的問題

永遠得不到滿意的回答
酸酸的地方多了胸口
看了那麼多的哲學殺龍秀
我更加確定自己
想要的只是紓壓按摩

不曉得從什麼時候開始
志向從作家，變成做作家
出門講究穿搭
世界末日是口頭禪
寫著「愛是擁抱生活的種種差錯」

卻只在乎沒什麼人愛我
吐出來的總是金閣寺的鳳凰
滿腹都是太宰治的斜陽

傳聞飛龍在天的黃昏
等我到了不過是寶麗龍漂浮的碼頭
曾經像一位中古騎士立下海誓
如今騎一台中古機車海派的毀棄
一路上有人捕捉著寶可夢
當初全心追逐的還可夢嗎？

走出工業城市的工業風書店
我想去抓龍
抓一隻

在廢氣中翱翔
真正能替我抓龍的噴火龍

烏龍刀：代後記

烏龍刀

——某年某日，水族館觀紅龍，缸中寂寞黯淡，無一草一蝦。復觀我倆形容，盡皆烏鳥，此情此景，盤桓不去，遂作此詩。

人皆腰繫一把刀
有的插肋
有的藏
有的用來做美勞

我曾有志於屠龍
迎人請招
自帶特效
至少眼角閃著鋒芒

一身絕技
走進那條街
想拼最凶的黑龍
水族館大哥
告訴我最貴的是紅龍
勝算不大

仰天，我常常笑
電線桿上的五線譜

什麼鳥無聲彈奏
出場即片尾曲
鞘裡一場空

想起許許多多的刀上
有我的刀痕
為了殺死一條烏龍
我們在茫茫人海中彼此相刃

國家圖書館出版品預行編目（CIP）資料

跳舞的鳥都在受苦 / 鄭芥著 . -- 初版 . -- 新北市 : 斑馬線出版社 , 2024.11
面；　公分

ISBN 978-626-98630-6-8（平裝）

863.51　　　　113015096

跳舞的鳥都在受苦

作　　者：鄭　芥
總 編 輯：施榮華
封面插圖：馬尼尼為

發 行 人：張仰賢
社　　長：許　赫
副 社 長：龍　青
總　　監：王紅林
出 版 者：斑馬線文庫有限公司
法律顧問：林仟雯律師
贊助單位：紅樓詩社 Crimson Hall Poetry Society

斑馬線文庫
通訊地址：234 新北市永和區民光街 20 巷 7 號 1 樓
連絡電話：0922542983

製版印刷：龍虎電腦排版股份有限公司
出版日期：2024 年 11 月
I S B N：978-626-98630-6-8
定　　價：320 元